PRIX : 1 fr. 50

LE NAIN BLEU

2 fr.

I

LES BEAUX CONTES DE FÉES

ADMINISTRATION : 3, rue de Rocroy, PARIS (Xᵉ).

Nᵒ 8

LE
NAIN BLEU

I

ADMINISTRATION :
3, rue de Rocroy, Paris (X°)

Le Nain bleu

La chambre infernale où nous introduisons nos lecteurs présentait un aspect vraiment fantastique. On voyait des enclumes de formes singulières et un soufflet faisait mouvoir un soufflet vomissant des flammes, soufflet ayant la forme d'un immense dragon. Sous la voûte, voltigeaient des larves et des chauves-souris. Des génies à figures horribles peuplaient cet antre. Des lutins forgeaient des glaives, d'autres composaient des philtres qu'ils distillaient. Et tout en travaillant, ils chantaient un chœur d'une voix métallique si

...ons démons — Travaillons — ...ons — Battons — Forgeons — ...ons nos arsenaux — Ouvriers ...naux — Préparons — Composons ...philtres et talismans — Et mille ...chantements ! » Ce chœur était chanté avec accompagnement de marteaux qui tombaient en cadence et au bruit des chaînes. Soudain l'un des lutins qui semblait commander aux autres s'écria : « — Silence ! Voici notre souveraine, inclinons-nous devant elle. » Les génies s'arrêtèrent de chanter et de travailler, et le plus grand silence régna dans la chambre infernale. A ce moment apparut la fée Souplesse. Elle était vêtue d'un costume oriental de

...sur sa tête, s'entrelaçaient ...serpents et elle tenait à la ...une baguette d'or. « — Honneur ...maîtresse ! » s'inclinèrent les... « — Voyons, interrogea-t-elle ...sont vos travaux ? » Les génies s'empressèrent de montrer à leur reine ce qu'ils avaient fait. « — Hâtez-vous, leur recommanda la fée Souplesse. J'attends la visite d'une pauvre petite princesse bien à plaindre à qui je veux donner tous mes soins. » Le chef des lutins qui s'appelait Brasillon, répliqua : « — Puisque une princesse que vous allez protéger ! Vous ne faites jamais que cela. Toujours des princesses ou des princes ! Ah ! c'est qu'ils ont

énormément de désagréments, aujourd'hui. Leur état ne vaut plus rien. » Comme pour confirmer ce que venait de dire la fée Souplesse, on perçut le bruit de plaintes et de 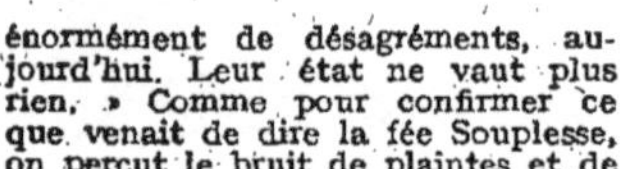 gémissements. La reine des lutins jeta un coup d'œil autour d'elle. « — C'est la princesse que j'attends, murmura-t-elle. Suspendez vos travaux; elle serait effrayée de votre aspect et de tout cet attirail. Retirez-vous. » Obéissant avec une promptitude remarquable, les génies emportèrent aussitôt leurs outils, leurs enclumes, le singe arrêta de fair

jaillir la flamme de a gueule du dragon, les chauves-souris s'éloignèrent et, sur un coup de baguette de la fée, l'antre infernal fut transformé en une caverne qui semblait être taillée dans l'or et dans l'argent. La reine des lutins se métamorphosa en une vieille. Au dehors, la pluie faisait rage, les éclairs zébraient le ciel et l'on entendait l'impressionnant grondement du tonnerre. Sous l'orage, cheminait une jeune fille âgée de dix-huit ans environ, d'une merveilleuse beauté. Elle était tellement fatiguée qu'elle n'avait presque plus la force de se traîner. La f alla se poster à l'entrée de la cavern et dit d'un ton aimable : « — Entr

ma chère enfant... » La jeune fille cheminant sous l'orage, était la princesse Duvet-de-Pêche, qui fuyait son oncle Sarlaroc, parce que ce dernier voulait lui faire épouser un bandit, possesseur de très grandes richesses. Elle était fiancée au prince Zinzolin, modèle de courage et de toutes les vertus; mais comme le bandit, nommé Croquefer, était beaucoup plus riche que Zinzolin, l'oncle de Duvet-de-Pêche avait chassé le jeune prince de ses États et ava fixé au lendemain même le maria de sa nièce avec Croquefer. Duve de-Pêche n'avait pas hésité. E s'était procuré, à l'insu de tou des vêtements de paysanne et av

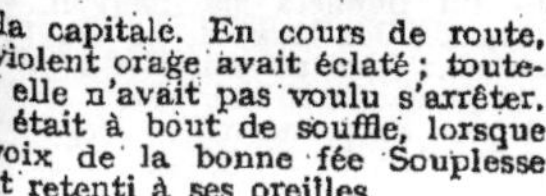

la capitale. En cours de route,
violent orage avait éclaté ; toute-
elle n'avait pas voulu s'arrêter.
était à bout de souffle, lorsque
voix de la bonne fée Souplesse
t retenti à ses oreilles.

Duvet-de-Pêche s'était arrêtée en
percevant cette voix. Mais la nuit
était si obscure, qu'elle ne distingua
pas qui lui parlait : « — Oh ! j'entre-
rais bien, murmura-t-elle, mais je
n'ose pas... J'ai entendu comme

un chant et des bruits de forge. »
Elle fit encore quelques pas et s'écria :
« — Tiens, je ne vois plus personne ! —
Pardonnez-moi, je suis là, mon
enfant, fit la fée Souplesse. — Qui
donc êtes-vous ? — Une femme.

Vous n'êtes donc pas jolie que
ne vous fassiez pas voir ? —
mporte, si je suis bonne. —
vous devez l'être... Votre voix
douce. Pourtant, j'ai bien peur !

Il m'a semblé entendre tout à l'heure
des cris, des vilaines voix... — Tu
t'es trompée, mon enfant. C'était
le bruissement des arbres agités
par les vents en furie... Les cris

des oiseaux qui fuyaient la foudre...
C'était la voix des orages déchaînés.
— Oh ! oui ! la tempête était affreuse.
— Tu n'as pas craint de t'exposer ?
— Tout me semblait préférable

malheur que je fuis. — Il est
bien terrible ? — Oh ! oui,
e vieille... Pardonnez-moi si
us appelle ainsi. Il me semble
n'y a qu'une pauvre vieille
Puisse habiter une caverne dans

cette épaisse forêt. — Veux-tu me
voir ? — Certainement ; une jeune
fille est toujours bien aise de savoir
à qui elle parle, la nuit surtout... »
A peine la nièce de Sarlaroc venait-
elle de prononcer ces paroles que

deux énormes orangs-outangs, portant chacun une lanterne, vinrent
se placer auprès de la fée Souplesse.
Duvet-de-Pêche fit un pas en arrière,
« — Oh ! les vilaines bêtes ! s'écria-
t-elle, elles ressemblent au bandit

Croquefer... » La fée la tranquillisa, fit signe aux singes de s'en aller et convia la jolie jouvencelle à lui confier son histoire. Duvet-de-Pêche s'empressa de le faire et elle termina

le récit de ses infortunes en disant : « — Le roi Sarlaroc est si terrible, si puissant, et puis, on dit tout bas dans son palais qu'il a conclu une alliance avec un méchant génie

qui lui donnera un pouvoir s[...] bornes... Peut-être il va me po[...] suivre... Que devenir ? Où all[...] Ah ! je voudrais bien savoir ce q[...] fait en ce moment ! — Regarde[...]

exclama la fée Souplesse en faisant un signe. Immédiatement, le fond de la caverne s'ouvrit et Duvet-de-Pêche aperçut, comme au travers d'une gaze, le palais de Sarlaroc. Le souverain, qui ignorait encore

la fuite de sa nièce, s'entretenait avec l'intendant de ses plaisirs, des fêtes qui allaient être organisées à l'occasion du mariage de Duvet-de-Pêche, lorsque, blême, hagard, un officier vint annoncer que la prin

cesse avait disparu. Sarlaroc en[...] dans une colère épouvanta[...] « — Qu'on la cherche ! » ordonna[...] L'officier revint une heure ap[...] Il était plus blême que jam[...] « — Monseigneur, proféra-t-il

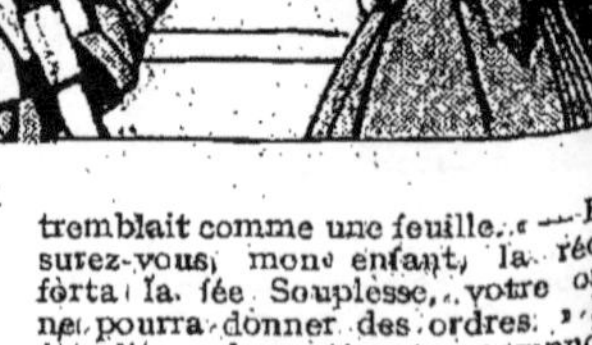

se courbant jusqu'à terre, il a été impossible de découvrir la princesse... On ignore où elle a pu se sauver... On a visité tout le parc... jusqu'à l'armoire aux bijoux. Un palefrenier croit l'avoir vue se sauver sous

les habits d'une paysanne. — Que l'on mette sur-le-champ mon armée à sa poursuite, » commanda Sarlaroc. Duvet-de-Pêche entendait tout cela comme si vraiment son oncle n'eût été qu'à quelques pas d'elle. Elle

tremblait comme une feuille. — R[...] surez-vous, mon enfant, la réc[...] forta la fée Souplesse, votre on[...] ne pourra donner des ordres. » [...] étendit sa baguette et command[...] « — Que la langue de ce méch[...]

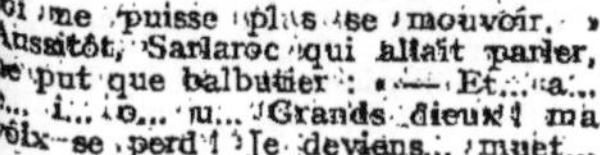

oi me puisse plus se mouvoir. » Aussitôt, Sarlaroc qui allait parler, ne put que balbutier : « — Et... a... ...i... o... u... Grands dieux ! ma voix se perd ! Je deviens... muet...

— La folie seule peut l'excuser, ajouta la fée ; qu'il soit donc atteint de vertiges. » Le souverain, à ces mots, tomba en délire. Il voulut commander à ses officiers et il ne

put proférer que des sons inarticulés. Personne ne le comprenait. Il faisait de vains efforts, sautait, dansait, tirait l'épée ; sa rage s'exhalait en gestes impuissants et, tandis

qu'il se roulait à terre, tout le monde fuyait épouvanté, aussi bien les courtisans que les officiers. Cette vue avait fortement impressionné la nièce du roi Sarlaroc. Elle jeta un cri en voyant le souverain

rouler à terre. La fée Souplesse étendit le bras et la vision disparut instantanément. « — Je n'en puis douter, s'écria la jeune fille, vous avez un pouvoir surnaturel. » — Et, comme elle avait très bon cœur,

elle ajouta : « — Ah ! faites que mon oncle ne meure pas ! — Les destins veulent qu'il soit puni de sa méchanceté. Tu ne sais donc pas que tu as tout à redouter du génie malfaisant qui le protège ?

Défendez-moi, je vous prie, mais, s'il se peut, sans lui faire de mal. Vous exaucerez ma prière, car vous êtes une fée bienfaisante. — Ne remercie pas. Je ne fais qu'acquitter envers toi. Tu te rap-

pelles peut-être une petite couleuvre qui, poursuivie, un jour, par le jardinier du palais, vint se réfugier à tes pieds et dont tu pris la défense ; tu la sauvas d'une mort certaine... Eh bien ! elle en est reconnaissante.

— Quoi ! vous êtes cette jolie couleuvre que j'avais enfermée dans une cage et que je nourrissais avec des mouches ? Ah ! que je suis contente de vous retrouver ! Vrai ! je ne vous aurais pas reconnue !

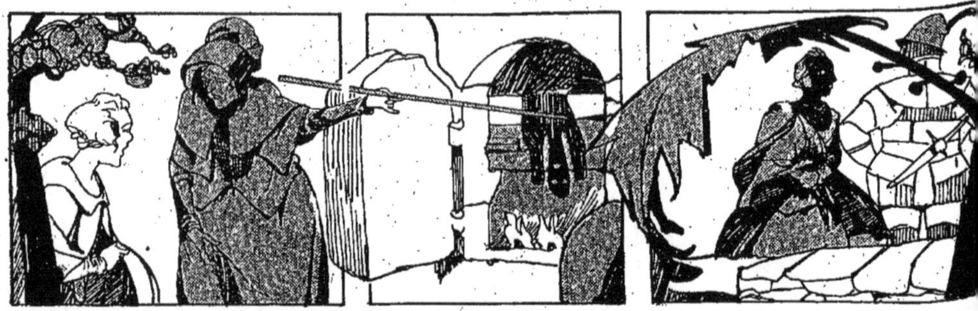

— Reçois aujourd'hui ta récompense ! » La fée Souplesse agita sa baguette magique, un rocher s'avança, se transforma en une armoire d'où la fée tira une peau noire qu'elle tendit à la jeune princesse. « — Que voulez-vous que j'en fasse ? interrogea Duvet-de-Pêche. — Elle te servira à te rendre méconnaissable, puisqu'elle te fera paraître fort laide. — Vous êtes bien bonne ! — Au moy[en] de ce dégu[ise]ment tu pourras [tra]verser les États de ton on[cle] et arriver dans ceux du princ[e] zolin que tu dois épouser. — O

merci. — Vous aurez tous deux bien des traverses, bien des malheurs à essuyer. Qu'importe ! Mais au moment où tu seras le plus exposée, un défenseur t'apparaîtra... Tu n'auras qu'à prononcer ces mots : « Petit homme bleu, viens à moi !.. » et à frapper la terre du pied. — Vraiment ? — Essaie ! » Duvet-de-Pêche était curieuse de savoir si la fée disait vrai. Elle frappa donc le sol de son talon en s'écriant : « — Petit homme bleu, viens à moi ! » La terre s['] tr'ouvrit aussitôt et un nain pa[rut]. Il était tout bleu, la peau, les v[ête]ments, le chapeau, tout était b[leu] en lui. « — Maître Trilby, lui [dit] la fée Souplesse, dès ce mom[ent]

tu dois être aux ordres de Duvet-de-Pêche. — Avec plaisir, s'écria le nain bleu. — Tu n'auras qu'à l'appeler, annonça la fée. Il est chargé de te suivre sous terre. Adieu ! Je dois te quitter, prends courage et confie-toi à lui. — Ah ! ma chère protectrice, que de reconnaissance ! » La nièce du roi Sarlaroc se mit aux genoux de la fée pour la remercier, mais au même instant la caverne disparut pour laisser place à un grand parc. Un char traîné par [des] serpents ailés apparut et la [...] des lutins y prit place, tandis [que] Trilby disparaissait sous terre. Bien[tôt] Duvet-de-Pêche se trouva [...] « — En route ! murmura-t[...]

s confiance. » Le soleil était
et les oiseaux chantaient gaie-
sous le feuillage... La fuite
palais royal de Duvet-de-Pêche
été favorisée par un vieux

serviteur des plus dévoués, nommé
Pigoche. C'était lui qui avait procuré
des vêtements de paysanne à la
jeune fille. Dès que la princesse
s'était enfuie, il s'était élancé sur

ses traces pour la protéger. Mais
à peine Pigoche avait-il gagné la
forêt située à une lieue du palais
que tout à coup, par un effet magique,
la forêt se remplit d'animaux des

parties du monde. Le servi-
Duvet-de-Pêche se vit entouré
perroquets qui parlaient, de
ves-souris qui soufflaient, de
aux qui croassaient, de chats-
qui le huaient, d'éléphants

qui le chatouillaient avec leurs
trompes, de vautours qui lui lançaient
des coups de bec, d'escargots qui lui
faisaient les cornes, de serpents
qui lui piquaient les mollets, et
Pigoche avait beau vouloir se sauver,

toutes ces bêtes le poursuivaient
lui barraient le chemin. Le vieillard
avait beau appeler au secours, personne ne venait. Enfin, abîmé de
fatigue, il se laissa tomber au pied
d'un chêne où il s'endormit comme

ouche. Dès qu'il eut fermé les
toutes les affreuses bêtes
urent...
sommeil du vieillard fut hanté
les cauchemars. Il rêvait à
voix : « Mam'zelle Duvet-de-

Pêche, chère petite princesse... Sau-
vez-vous. V'là les gendarmes de
votre oncle qui nous poursuivent,
ils veulent me mettre à la broche...
Hou! qu'ils sont laids!... Oh! là
là là! faites-les donc finir. » Pendant

que Pigoche dormait, une grosse
mouche noire vint voltiger autour de
lui et se poser sur son nez. Soudain,
un ours énorme sortit d'un taillis.
Le quadrupède, à la vue du vieillard
endormi, saisit un énorme quartier

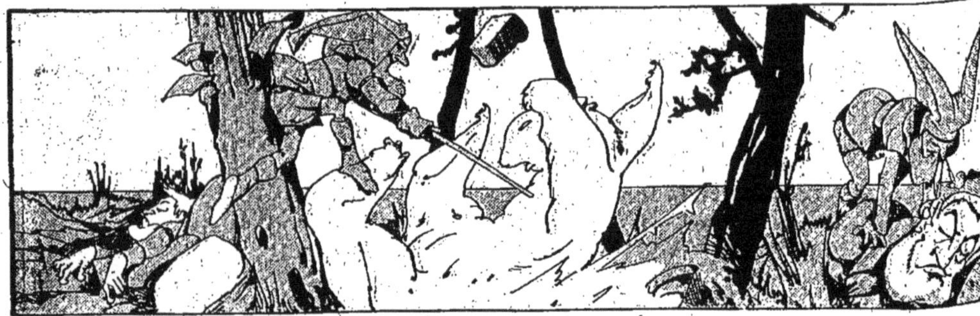

de rocher et le leva pour en écrase... la mouche qui se tenait immobile sur le nez du dormeur. Heureusement, à ce même moment, Trilby, le petit nain bleu, apparut, sortant de dessous terre. Il s'élança au-devant de l'ours, le frappa de sa béquille, si bien que le féroce animal tomba à la renverse dans une mare d'eau qui se forma derrière lui et l'engloutit... « — Voilà pour t'apprendre, méchant gé... à menacer ceux que je prote..., clama le nain bleu. Ce vieil... est trop exposé, je dois... Trilby se pencha et é...

ment dans l'oreille de Pigoche, après quoi il s'enfonça dans la terre et disparut. Le vieillard, on le devine, s'éveilla en sursaut et fut fort étonné de se voir seul. « — Tiens, dit-il, l' m'a semblé qu'on a éternué non loin de moi. » Tout à coup, il poussa un cri de joie. Il venait d'apercevoir, venant vers lui, Duvet-de-Pêche. Il s'élança au-devant d'elle. « — Ah! que j'étais inquiet! s'écria-t-il, je craignais qu'il ne vous fût arrivé quelque malheur, et je ne [me] serais pas consolé... » le rassura, et lui conta... lui était arrivé depuis la... moment que vous ave[z]... votre manche, se réjou...

nous aurons le bras long. » Il fut décidé entre la princesse et le vieillard que chacun partirait de son côté pour atteindre les États du prince Zinzolin. Pigoche se mit en route le premier et la jeune fille, après s'être reposée un moment sous l'arbre, prit un chemin qui devait la conduire au port d'où elle pourrait s'embarquer à destination de l'île où se trouvait son fiancé. Pendant toute une heure, Duvet-de-Pêche march... trer âme qui vive. M... depuis quelques insta... silence derrière elle... roi Sarlaroc, qu'accom... sieurs piqueurs. « — On ne...

as trompés, déclara l'officier. La ...i devant nous, attention ! » Piqueurs s'approchèrent douce-..., puis lancèrent sur elle un ...dense filet, si bien qu'elle se trouva enfermée dans une enceinte circulaire de quatre pieds de hauteur, avec une sorte d'obélisque au milieu pour soutenir ce filet. « Qui êtes-vous ? s'écria Duvet-de-Pêche affolée. Que me voulez-vous ? rendez-moi la liberté ! — Impossible, princesse, répondit l'officier. C'est de la part du roi Sailaroc, qui veut que vous épousiez Croquefer. — Jamais ! j'ai-

« J'aimerais mieux mourir ! Ne ...approchez pas ! » Elle supplia ...queurs de lui donner la liberté, ...ces hommes ne lui répondirent ...e pas. L'officier s'était éloigné ...galop d'un cheval afin d'aviser le souverain de la capture de Duvet-de-Pêche. Celle-ci continuait à se désespérer, maudissant sa distraction, car la peau noire qui devait la rendre méconnaissable aux yeux de tous, elle l'avait oubliée au pied d'un arbre au moment où elle s'était reposée. Mais, tout à coup, elle se rappela le conseil donné par la fée Souplesse : « — Oh ! j'y songe ! murmura-t-elle. Et elle frappa le sol du pied en s'écriant : — Petit

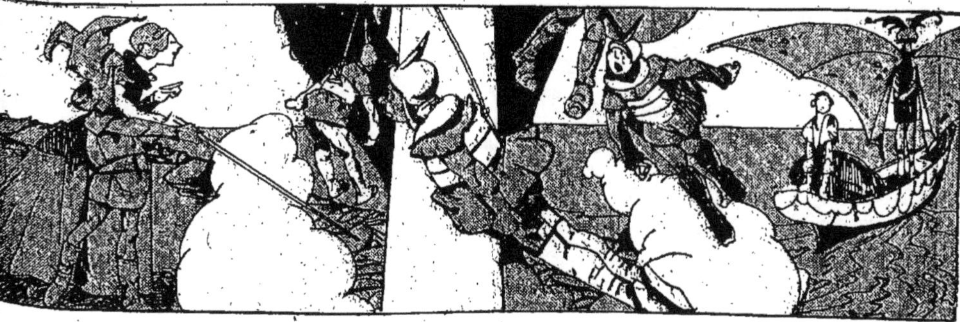

ne bleu, viens à moi ! » Trilby ...tôt, sortant de l'obélisque, parut ...vue. « — Mon petit génie, quel ...ar ! se réjouit Duvet-de-Pêche. ...vais vous sauver. » D'un mou-...t de béquille il endormit ...es piqueurs, il brisa les mailles du filet et en fit sortir la princesse. Puis il divisa l'obélisque en plusieurs branches et des diables apparurent pour attacher les piqueurs à ces branches. « — Enlevez ! » commanda Trilby. Immédiatement les branches de l'obélisque enlevèrent les hommes qui se mirent à tourner comme sur un jeu de bagues. Quant à Duvet-de-Pêche, elle était montée sur une jolie barque qui venait de se

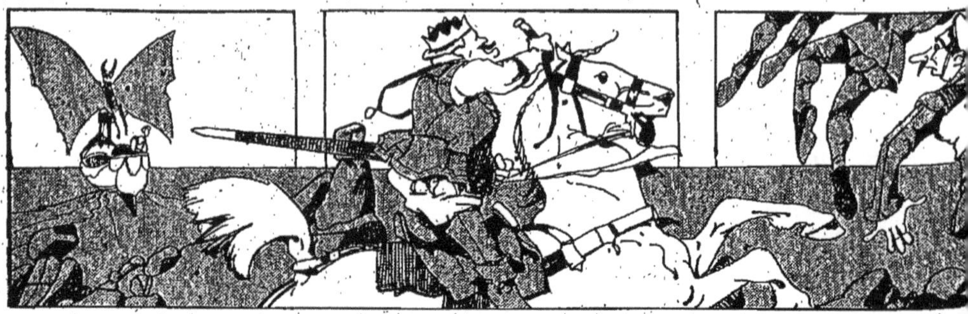

diriger vers elle sur un lac créé
instantanément, et cette barque était
conduite par un génie ailé.

A peine la barque venait-elle
de s'éloigner du rivage, que le roi
Sarlaroc accourait au triple galop

de son cheval. Le méchant génie
qui le soutenait lui avait rendu
l'usage de la parole. En voyant
l'étrange vire-vire formé par ses
piqueurs, il s'écria, fou de colère :
« — Que vois-je ! les scélérats !...

Ils tournent comme des tote
Pendards !... misérables !... Ils
laissé enlever la princesse et
valsent encore !... Ah ! drôles
vous ferai danser !... » Il v
avancer, mais une haie de dé

s'était formée et l'en empêchait.
C'est alors que voyant la barque
contenant Duvet-de-Pêche s'éloigner,
il voulut se ruer sur elle... Le pied
lui manqua et il tomba à l'eau.
Le nain bleu lui tendit sa béquille

à laquelle il se raccrocha. Tout
piteux, il se laissa choir sur l'herbe.
« — C'est cela, dit en riant Trilby,
faites sécher vos vêtements. Cela
vaudra mieux que de faire le méchant. »
Après avoir prononcé ces paroles,

Trilby s'enfonça sous terre et
parut. Le méchant génie qui p
geait le roi Sarlaroc avait dé
ses sujets, les géants, pour
prisonnier le prince Zinzolin.
géants avaient entonné leur far

chant de guerre : « Kroff, kroff, —
Kriff, kriff, kriff, mikakriff, — Kraff,
kraff, mikakraff, — Mikakraff, mikakriff ! » — et s'étant attaqués aux
troupes du fiancé de Duvet-de-
Pêche, avaient réussi à s'emparer

de ce dernier et à le transporter
dans leur île. Pigoche, en arrivant
au palais du prince, avait appris
tous ces événements. Aussi s'était-il
mis en route sur-le-champ pour
rejoindre Zinzolin et tenter de le

faire évader. Il parvint à ab
dans l'île terrible sans être rema
des factionnaires qui montaien
garde et il se mit à marcher
la direction de la prison. Le
serviteur chemina ainsi pendant

longues heures sans rencontrer le moindre limonadier, le plus petit marchand de vin, ce qui désespérait le brave homme qui avait une soif terrible. Il s'arrêta une minute pour s'essuyer le front et il murmura : « — Ah ! petit homme bleu ! je ne te demanderai pas des glaces, des sorbets, du punch ou du champagne ; paie-moi seulement un verre de coco ! » Le désir du vieillard fut exaucé immédiatement. En effet, un marchand de coco, vêtu en Chinois, sortit de dessous terre en agitant sa sonnette, offrit deux verres de sa boisson à Pigoche, et comme ce dernier cherchait une pièce de deux sous pour le payer,

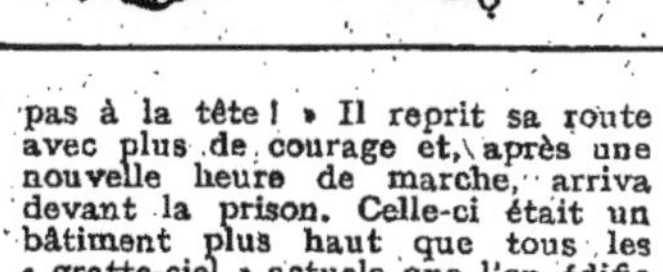

le petit commerçant disparut sous terre, en s'écriant : « — C'est gratis ! — C'est très délicat, se réjouit le serviteur, le petit homme bleu fait bien les choses... Me voilà restauré ; ça m'a remis et puis ça ne porte pas à la tête ! » Il reprit sa route avec plus de courage et, après une nouvelle heure de marche, arriva devant la prison. Celle-ci était un bâtiment plus haut que tous les « gratte-ciel » actuels que l'on édifie à New-York. Le geôlier se nommait Bellebotte et sa femme Pouponnette. Mais cette dernière était une géante de dix pieds de haut et Bellebotte un homme grand de quinze pieds. Dans leur vaste et

immense salle à manger, se trouvaient une table de huit pieds de haut, des chaises hautes de cinq pieds, et les vases, assiettes et autres ustensiles étaient également de grandeur démesurée. Bellebotte venait de porter son repas au prince Zinzolin, qu'il appelait dédaigneusement le petit nain, quoique le fiancé de Duvet-de-Pêche fût un homme d'une superbe prestance, ayant bien un mètre quatre-vingts de haut. Il était très gai, le geôlier, car c'était bientôt l'heure de se mettre à table, et il entonna une romance à la mode dans l'île des géants : « O crok microk barloque — Ocambourg — Croba crobi friloque — Karka-

mour ! — Crimok crimak crimik — Brik a brak, brak a broque — Crokmi crak et crokmicroque. — Askabrak plik askabruk. » Pouponnette, qui était dans sa cuisine, se réjouit : « — J'entends la douce voix de mon mari, » murmura-t-elle, et elle alla au devant de lui. « — Tu as chanté comme un cœur, mon petit chou, le complimenta Pouponnette. A propos, chou, si nous mangions la soupe ? — Je veux bien, mais, avant, je voudrais quelque chose de dégé... — Je t'ai fait mettre, mon am...

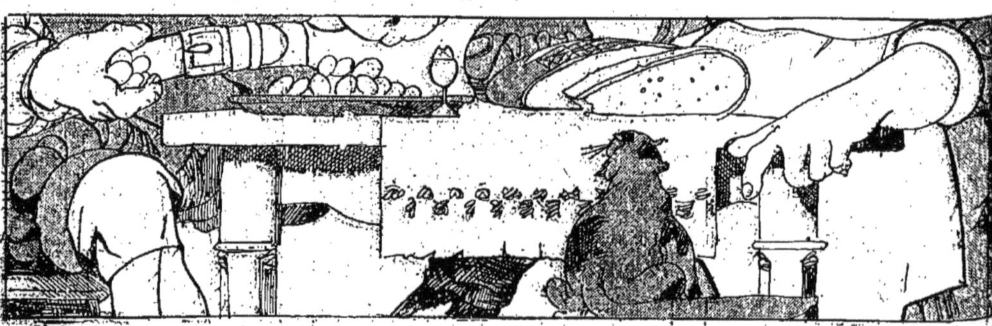

vingt-cinq douzaines d'œufs à la coque. — Parfait ! » Les deux géants se mirent à table. Déjà, Bellebotte avait coupé d'immenses mouillettes, lorsque trois coups retentirent à la porte. C'était le serviteur de Duvet-de-Pêche qui frappait. « — Dis donc, Pouponnette, interrogea le géant, est-ce que le chat est dehors ? J'entends gratter à la porte. » Et comme on frappait de nouveau, il cria d'une voix de stentor : « — Entrez donc !... » La porte fut poussée et Pigoche apparut. Toutefois, le vieillard s'arrêta net sur le seuil tellement la vue des deux geôliers l'avait impressionné. Bellebotte garda Pigoche et dit à son épouse

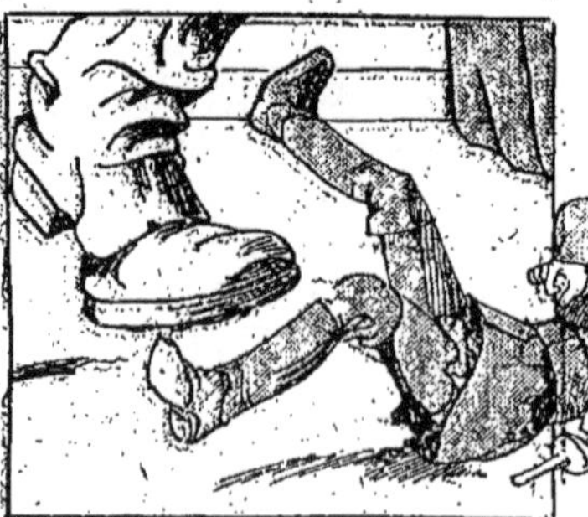

« — Qu'est-ce que c'est que ça ? » Il avança la jambe et enleva Pigoche sur la pointe de son pied si bien que Bellebotte et le serviteur se trouvèrent nez à nez. « — Un petit enfant ! s'écria Pouponnette. — Un poupard ! ajouta avec mépris le geôlier. Chétive créature ! Il faut que je t'écrase !... » Il baissa le pied et poussa l'infortuné Pigoche qui roula sur plusieurs mètres. « — Oh ! non ! supplia la géante. Je ne veux pas que vous lui fassiez de moindre mal. » Le vieillard, tout en se frottant les reins, murmura : « Elle aurait bien dû le dire plus tôt. — Pouponnette le veut, clama Bellebotte, je t'accorde la vie, relève-toi, mian...

» Pigoche ne se le fit pas dire fois. Il remercia la géante comme celle-ci lui demandait : « — Avez-vous faim, l'enfant ? » pondit : « — Mais oui, je casserais bien une croûte. — Tiens, voilà des miettes, » fit Bellebotte en lui jetant des pains ronds qui pouvaient bien peser deux kilos. Pouponnette avait bon cœur. Cela l'affligeait de voir Pigoche assis sur le parquet, prêt à manger le pain. « — Pauvre petit être, dit-elle, il faut lui permettre de venir s'asseoir auprès de nous. — Allons, approuva le geôlier, prends

tabouret et viens t'asseoir auprès oi, moutard ! » Pigoche regarda ur de lui. Il y avait bien un uret; mais ce dernier avait auteur d'un entresol. Comment teindre ? Heureusement qu'une échelle se dressait dans un coin. Le serviteur de Duvet-de-Pêche alla la prendre et escalada rapidement les degrés. « — Tiens, voici une cuillère, » lui dit Bellebotte en lui tendant une louche qui avait près d'un mètre de dimension; et, comme Pigoche hésitait, il lui offrit une fourche en disant : « — A moins que tu ne préfères cette fourchette !... » Le vieillard ne pouvait se servir ni de l'une, ni de l'autre; aussi il

nit à manger tout simplement les doigts. Tout à coup, la ayant soif, prit la grosse eille qui occupait le milieu à table. Aussitôt, il s'échappa cette bouteille des détonations. « — Par Gargantua ! s'étonna Belle- botte, qu'est ceci, mille tonnerres ! — Il paraît, sourit Pigoche, que vot' vin a du feu ! Il est pétillant ! — Que le diable te brise, maudite bouteille !... » gronda le geôlier. A peine ce dernier venait-il de pro- noncer cette parole, que la bouteille éclatait et que le petit nain bleu apparaissait tandis que la table, les chaises s'abîmaient avec les géants et disparaissaient au milieu d'un

tourbillon de flammes et de fumée.
Seul, Pigoche n'avait eu aucun mal.
Le serviteur reconnut Trilby dont
lui avait parlé la princesse. « — Cours
délivrer le prince Zinzolin, ordonna
le nain bleu. Moi, je veillerai au
dehors. Voici la clef de la tour. »
Cette clef était très lourde. Pigoche
la chargea sur ses épaules et alla
délivrer le prisonnier qui croyait
qu'on venait le chercher pour le
mener au supplice. Mais le serviteur
lui apprit qu'il était l'envoyé de
Duvet-de-Pêche, et les deux hommes
s'embrassèrent. « — Vite ! sortons

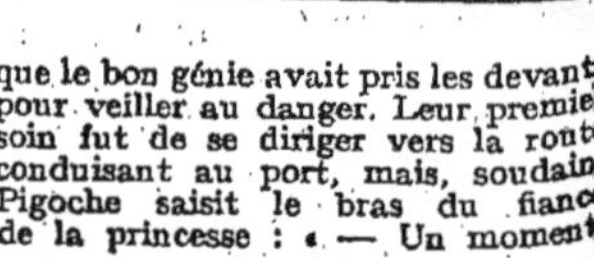

de cette île maudite ! exclama le
prince. Je me sens la force de lutter
contre toute une armée ! » Tout
à coup des cris formidables retentirent : « — Aux armes ! Aux armes ! »
Ces mots lancés à travers des porte-
voix semblaient le hurlement de
plusieurs lions...

Lorsqu'ils furent hors de la prison,
le prince Zinzolin et le serviteur de
la princesse Duvet-de-Pêche n'aper-
çurent plus le nain bleu. Ils pensèrent
que le bon génie avait pris les devants
pour veiller au danger. Leur première
soin fut de se diriger vers la route
conduisant au port, mais, soudain,
Pigoche saisit le bras du fiancé
de la princesse : « — Un moment !

s'écria-t-il, n'avancez pas ! Voyez-
vous là-bas une armée de géants
qui se range en bataille dans la plaine ?.
Et de ce côté aussi nous sommes
cernés. — Ah ! dieux ! c'est vrai !
Nous voilà pris de tous les côtés. »
En effet, des géants en nombre
imposant et armés jusqu'aux dents
profilaient leurs gigantesques silhouet-
tes sur l'horizon, et rien que le bruit
des armures dont ils étaient couverts
et qu'ils remuaient faisait un fracas
semblable au roulement du tonnerre.
Pigoche s'arrachait les cheveux de
désespoir. C'était surtout l'absence
du nain bleu qui l'angoissait. « — Dis-
simulez-vous... murmura-t-il en con-
traignant son compagnon à se baisser

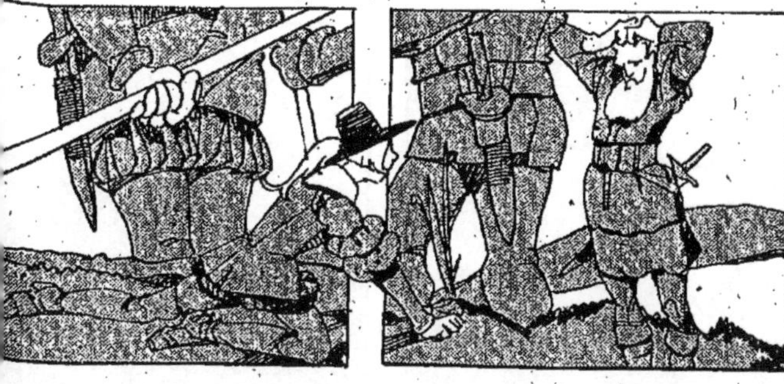

s géants sont plus hauts que des narets... S'ils nous aperçoivent, nous écrasent comme deux simples rmis. » Pigoche jeta un regard tour de lui pour trouver un endroit

où il pourrait se cacher avec le prince. Mais rien. La plaine s'étendait plate et sans ondulations, comme la Beauce. « — Pas une caverne, s'affola le serviteur de Duvet-de-

Pêche, pas un fossé, pas seulement un trou de souris... Ah ! petit homme bleu... sauve au moins le prince Zinzolin !... » A peine le bon serviteur venait-il de prononcer cette prière

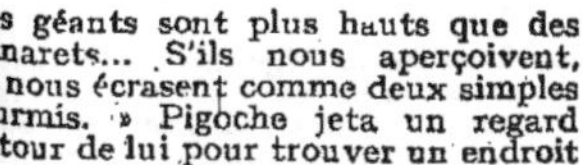

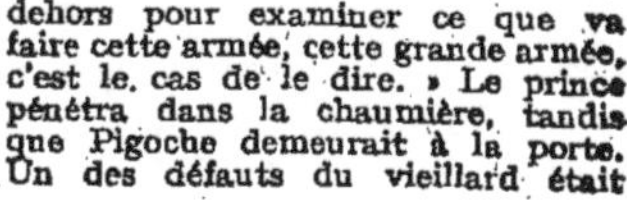

'une masse de rochers roula, nant de l'extrême horizon, et transforma en une chaumière vant laquelle étaient deux pâtres is et tenant une houlette. Le nce et Pigoche n'en pouvaient

croire leurs yeux. « — Voilà-t-il un maçon habile ! se réjouit le vieillard. Merci, petit lutin... Si jamais je fais bâtir, tu seras mon architecte. Entrez là dedans, monseigneur. — Viens avec moi. — Non, je reste

dehors pour examiner ce que va faire cette armée, cette grande armée, c'est le cas de le dire. » Le prince pénétra dans la chaumière, tandis que Pigoche demeurait à la porte. Un des défauts du vieillard était

ne jamais être satisfait. Examinant chaumière, il songea : « Pendant le petit homme bleu était en train, aurait fort bien pu nous faire re chose qu'une masure. Pour i, c'est beau, mais pour un prince...

c'est vraiment peu... » La masure se transforma aussitôt en un joli petit palais et les deux pâtres se métamorphosèrent en soldats portant la hallebarde. A la vue de ce changement, Pigoche claqua des mains

de satisfaction. Mais, à ce moment, de formidables commandements retentirent : « En avant, marche ! » et, jetant un coup d'œil sur les armées, Pigoche constata que les troupes s'avançaient dans sa direc-

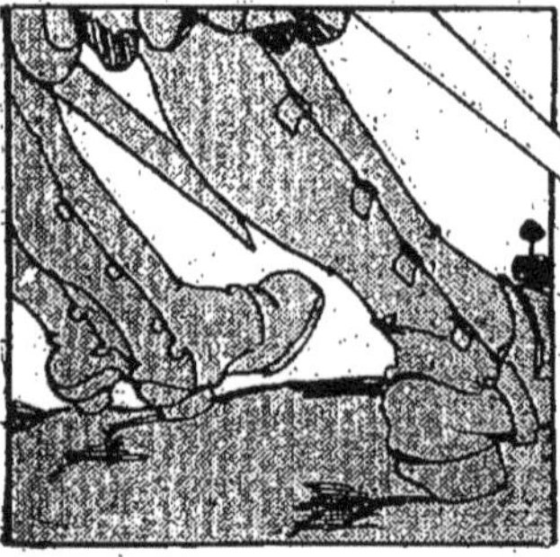

tion. » — Diable ! fit-il en se grattant l'oreille, si quelque soldat aperçoit le palais, il se doutera de quelque chose... Je crois qu'il aurait mieux valu garder la chaumière. » Instan-

tanément, le palais redevint une masure, les gardes redevinrent des pâtres, mais ceux-ci se mirent à courir comme si un danger les eût menacés et ils disparurent bientôt.

Cela fit réfléchir Pigoche. Cette chaumière pouvait encore attirer les regards des géants. Toute réflexion faite, il vaudrait mieux un rocher tout dénudé. La patience du nain

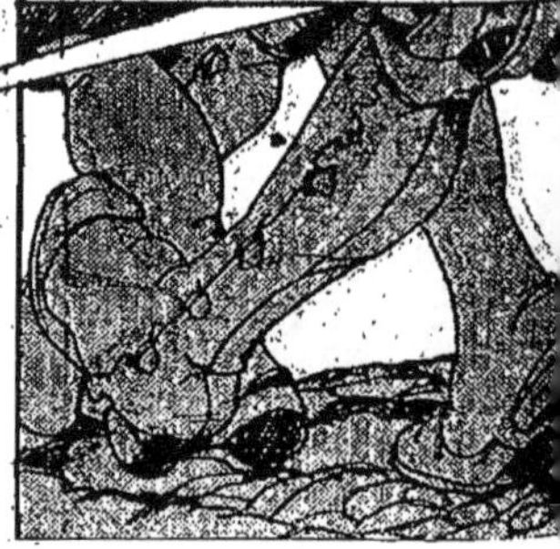

bleu était sans doute inlassable, puisque la chaumière s'évanouit pour laisser place à un immense rocher.

— A la bonne heure ! se réjouit Pigoche. Le prince est tout à fait couvert. Le voici logé comme un

lézard !... » Pendant que cette transformation s'opérait, les commandements provenant de l'armée des géants ne cessaient de se faire entendre. Mais ce qui surprenait le vieillard, c'est que les hommes gigantesques.

défilaient, puis se plaçaient comme s'ils allaient livrer bataille. Tout à coup, Pigoche poussa une exclamation de surprise ; à la tête d'une partie des troupes, il venait de reconnaître le nain bleu. Le serviteur

de la princesse Duvet-de-Pêche comprit tout dans un éclair. Le dévoué et merveilleux Trilby avait fait sortir de terre des géants pour combattre ceux qui voulaient s'opposer à la fuite du prince Zinzolin.

Sur un signal du nain bleu, ses soldats s'ébranlèrent et foncèrent sur leurs ennemis. Ce fut une mêlée indescriptible, une lutte sans merci. Le nain bleu était monté sur un cheval et, droit sur ses étriers,

donnait d'estoc et de taille de grands coups d'épée qui faisaient le vide autour de lui. C'est ainsi qu'il abattit quatre géants d'un seul coup de l'arme magique qu'il possédait. Il faisait face aux assaillants et le

forçait à reculer. L'un des géants, d'un coup de poignard énorme, trancha net les jarrets de la bête de Trilby mais, chose extraordinaire, la jambe coupée se ressouda immédia-tement. Le géant en fut tellement surpris qu'il en mourut de saisisse-ment. Maintenant, Trilby faisait face à vingt démons qui l'assaillaient de tous les côtés, mais les armes s'émous-saient sur lui, comme si son corps eût été d'acier forgé et les géants furent bientôt obligés de prendre la fuite, leur armée étant en déroute. Pigoche, tout réjoui, contemplait

ce dramatique spectacle. «—Le petit homme bleu leur en fait voir de grises, applaudissait-il. Allez ! Pif ! Paf ! pouf ! ramasse ton bonnet ! cours après tes jambes ! Bravo ! c'est cela ! enfoncés les géants ! Dieu ! que ça donne du mal une bataille !... Faut que j'emporte une paire de leurs bottes par curiosité ; je la mettrai sur ma cheminée en guise de magots... » Il se dirigea vers un endroit où la lutte avait été très chaude et revint près du rocher en portant quatre énormes bottes à l'écuyère qu'il posa l'une à côté de l'autre et qu'il avait retirées des jambes de deux géants tués. «—Voilà de quoi monter un magasin !

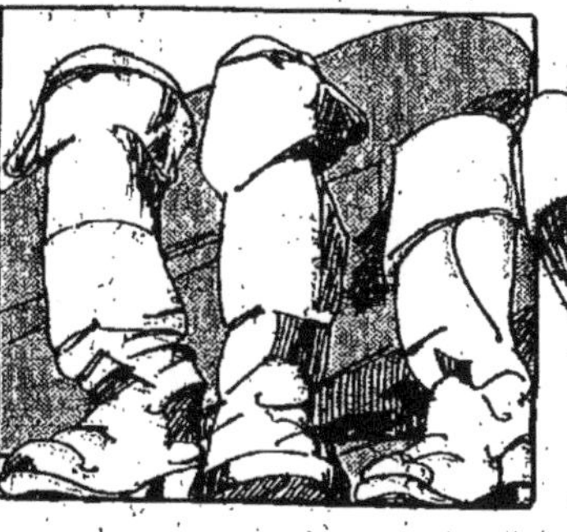

aïlla-t-il. Je pourrai me mettre bottier en grand. Ces soldats-là étaient sur un bon pied ; ils ne devaient pas reculer d'une semelle. » Il se mit à rire en regardant les bottes, puis se frappa le front. «—Oh ! une idée ! s'écria-t-il. Si j'allais ramasser un casque et puis que j'le pose sur une paire de bottes ! Ça ferait peut-être rencontrer des êtres vi-vants. Qui sait ? Essayons. » Pigoche alla quérir deux énormes casques appartenant à des géants qui avaient été tués au cours de la bataille, et il les posa sur les bottes. «—Quelle drôle de mine ! s'esclaffa-t-il. Vous êtes vexés, mes petits ! mais que je suis bête !... V'là que je parle-

à des bottes !... Si elle me répondaient, ça ferai de fameux cuirs ! Attention ! tête à gauche ! » A ces mots, les deux casques se tournèrent du côté gauche. Puis des bottes

que surmontaient des casques apparurent et se mirent à poursuivre Pigoche, qui se sauva en poussant des cris affreux. Quand il eut couru ainsi pendant un quart d'heure

et qu'il s'arrêta essoufflé, perdant haleine, il se détourna et, à sa grande surprise, ne vit plus les bottes qui s'étaient lancées sur ses traces, mais il vit seulement le nain bleu

qui lui dit : « — Pigoche, apprends qu'il ne faut jamais se moquer d'un ennemi vaincu. »
Baissant la tête, un peu honteux, le serviteur de la princesse Duvet-de-Pêche promit de ne plus jamais

recommencer et revint avec Trilby près du rocher sous lequel s'était réfugié le prince Zinzolin. Le rocher avait disparu ; il n'y avait plus que le fiancé de la princesse qui s'était mis à rire aux éclats en voyant

les bottes se lancer à la poursuite du vieillard. « — La victoire est restée à mes troupes, dit le nain bleu. Maintenant, vous n'avez plus qu'à vous mettre à la recherche de Duvet-de-Pêche... Venez... »

se mettant entre le prince et Pigoche, il les conduisit vers le port où se balançait sur les flots bleus un fin voilier. « — Montez dans ce bâtiment, dit Trilby ; il vous conduira près de l'infortunée princesse. » Oh !

oui ! celle-ci était bien malheureuse depuis plusieurs jours ! On se souvient que lorsque son oncle Sarlaroc avait failli la rejoindre, Duvet-de-Pêche était montée sur une jolie barque conduite par un génie ailé. Malheu-

reusement pour elle, le démon qui protégeait Sarlaroc s'était lancé à sa poursuite et avait réussi à maîtriser le génie qui devait guider la jeune fille jusque dans l'île où se trouvait le prince Zinzolin. Ma

Il n'avait pas pu faire prisonnière Duvet-de-Pêche, car celle-ci avait placé sur ses épaules la peau noire donnée par la fée Souplesse... et qui devait la rendre méconnaissable aux yeux de tous. En voyant un laideron à la place d'une jeune princesse resplendissante de beauté, le protecteur du roi Sarlaroc avait poussé un cri de colère et s'était enfui de la barque qui, poussée par un vent violent, était venue s'échouer sur le rivage, à cinquante lieues de son point de départ... Voyant qu'il lui était impossible de rejoindre

son fiancé, ayant perdu confiance en le pouvoir du nain bleu, Duvet-de-Pêche résolut de se mettre à l'abri des soldats lancés à sa recherche en conservant sur elle cette peau noire qui la rendait si laide, et elle se plaça gardienne de bestiaux chez un fermier qui voulait bien de ses services. Nous la retrouvons donc chez ce dernier, vêtue en pauvre paysanne, sans beauté et méconnaissable sous la vieille peau placée sur ses vêtements. Il pleut à verse et elle fait entrer dans l'étable les vaches, les moutons et les chèvres qu'elle était chargée de garder. Le fermier était un homme dur et sans pitié et il criait furieusement :

« — Arrive donc, paresseuse ! endormie ! le soleil est couché ; il y a une demi-heure que les bêtes devraient être rentrées. » Duvet-de-Pêche répondit d'un accent traînant qu'elle avait pris pour mieux cacher sa véritable identité : « — Ne me grondez pas, not' bourgeois. Il tombait une averse terrible... et je m'étais mise à l'abri sous les grands châtaigniers. — C'est ça, indolente, continua à fulminer le fermier. Si le tonnerre était tombé, il pouvait me tuer deux ou trois vaches. Ces paysannes sont plus bornées que leurs animaux. Ne sais-tu pas que les arbres attirent le feu du ciel ? — Dame !... Je ne savais pas cela ; quand on n'a pas

l'habitude d'être paysanne!... — Comment, pas l'habitude? Qu'étais-tu donc auparavant? — Je veux dire que j'n'ons pas l'accoutumance d'être bergère... de mener des bêtes paître. — C'est assez bavardé! Il faut traire la grande rouge et faire la litière. Allons, maugrebleu! sans barguigner... Tu ne sais donc rien faire? — Hélas!... je ne sais que souffrir. — Ta ta ta ta! pas de grands mots, et un peu plus de besogne. Travaille! Je vas chercher ton souper. Il sortit de l'étable, tandis que, mélancoliquement, la princesse s'assit sur un escabeau et remplit une terrine de lait après avoir trait une vache rouge.

Lorsqu'elle eut fini d'accomplir cette besogne, le fermier rentra dans l'étable et, lançant un morceau de pain noir à Duvet-de-Pêche, lui dit : « — Tiens! voilà pour ton souper. » Il prit la terrine pleine de lait et s'apprêtait à sortir, quand la princesse le rappela. « — Eh ben? fit-il, quoi qu'c'est encore? — Le mauvais temps, expliqua-t-elle en regardant le pain qu'elle avait ramassé, m'a empêché de cueillir quelques fruits... Si vous vouliez me permettre de prendre un peu de lait, j'ai bien soif. — Il y a de l'eau au puits, répliqua durement le fermier. C'est plus sain... ça donne aux jeunes filles le teint frais et de

belles couleurs. D'ailleurs, c'est assez bon pour toi. — Tant de rigueur me surprend, répliqua-t-elle humiliée. Vous me refusez un peu de lait. Pourtant, quand j'suis aux champs, pourrais vous en prendre, mais la probité me le défend. » Le maître haussa les épaules. « — C'est bon, c'est bon, maugréa-t-il. Tâche de te lever demain matin avant le jour... Entends-tu? Bonne nuit, peau noire! » Peau noire! tel était le sobriquet dont l'avait affublée le fermier. « — Hou! le vilain homme! s'écria-t-elle quand son maître se fût retiré. Il a le cœur aussi dur que son pain... Mais enfin, je suis bien forcée de supporter tous ses

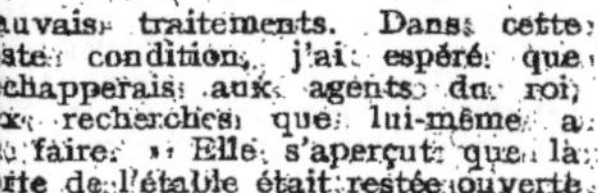

...uvais traitements. Dans cette ...ste condition, j'ai espéré que ...chapperais aux agents du roi, ...x recherches que lui-même a ...faire. » Elle s'aperçut que la ...ite de l'étable était restée ouverte.

et elle alla tirer le loquet. Puis elle continua à soliloquer : « —Si ce méchant fermier savait mon secret, je serais perdue !... Que sera devenu mon pauvre Pigoche ? Je n'en ai plus de nouvelles. Heureusement que j'ai

là un petit compagnon qui ne m'abandonne pas dans ma solitude. Viens, mon cher petit, viens... » A sa voix, un ravissant petit agneau blanc sortit du coin où il se trouvait et vint poser sa tête mignonne sur les

...noux de la jeune fille. La prin...sse le caressa et lui adressa d'ami...les paroles que l'agneau semblait ...mprendre. « —Oh ! qu'il est gentil ! ...me connais, toi, n'est-ce pas ? ...e me fait toujours quelqu'un à

qui parler ! Et puis, il ne me quitte pas. Allons, mon petit, nous allons souper ensemble. Du pain noir... et c'est tout !... Je voudrais bien avoir autre chose, je t'en donnerais la moitié !... Triste repas pour une

princesse !... Ah ! quand je pense comment j'étais servie à la cour ! Souvent, je n'avais pas faim... Aujourd'hui, je trouverais tout bon, » A peine venait-elle de prononcer ces paroles, qu'une petite table

...tit de dessous terre, portant ...ppe, flambeaux, cristaux, vais...lle plate, mets délicats, Duvet-...Pêche n'en pouvait croire ses ...ux. « —Que vois-je ! exclama-t-elle ...veuse. Ah ! quel plaisir... Le petit

nain bleu serait-il par là ? Le généreux Trilby ne m'aurait-il pas oubliée ?... M'aurait-il entendue ? Que je le remercie... Il sert plus vite que les officiers de bouche du roi ! Le joli souper que je vais faire ! » Duvet-

de-Pêche s'apprêtait à se mettre à table, lorsque, soudain, elle recula. « —Oh ! mais, c'est impossible ! murmura-t-elle. Vêtue comme une souillon, une mendiante, je ne puis m'asseoir à une table de reine. Ja

ne suis pas coquette. Néanmoins, par égard pour les personnes qui me traitent, j'aurais besoin d'être mise décemment... » Aussitôt, une psyché parut à droite d'elle, une jolie toilette à gauche. La princesse

prit un riche habillement qu'elle examina avec surprise. « — Tiens ! oh ! que c'est ravissant ! Rue de la Paix, à Paris, on ne fait pas de plus belles robes !... Mais quel dommage de poser toutes ces élégantes

choses sur ce vilain escabeau. Instantanément, ce dernier se métamorphosa en un fauteuil des plus riches. Un doux bonheur faisa palpiter le cœur de la jeune fill Elle abandonna ses vêtements

paysanne pour revêtir la merveilleuse chose. « — Maintenant, dit-elle en ce mirant dans la psyché, je ne désire plus qu'une chose : voir mon fiancé ! »

Ce souhait qu'elle avait formulé

à voix très basse avec la peur de ne pas le voir exécuter, s'accomplit toutefois comme les précédents. La psyché, au lieu de refléter ses traits, lui montra le prince Zinzolin qui disait ces mots : « — Chère princesse,

je n'aurai jamais d'autre épou que toi. » Tandis que des voix ha monieuses chantaient, sur l'air de « Dame Blanche » : « Chantons Chantons — D'une princesse be et sage — Chantons — Le maria

— Que tous les biens soient leur partage ! — Fassent les dieux — Qu'ils soient heureux. » Duvet-de-Pêche toucha du doigt la psyché, comme si elle eût voulu s'assurer

que son fiancé était réellement présent. Mais elle ne toucha que le miroir : « — Pourquoi n'est-ce qu'un songe ? murmura-t-elle. Ah ! que cette douce vision puisse durer

toujours. » Le prince Zinzolin répondit alors : « — En vain de présence on cherche à me bann mais je garde au sein de la doule l'espoir d'un bonheur prochain.

Peu à peu, les traits de l'élégant gentilhomme s'effacèrent et, de nouveau, la jeune fille ne vit que son visage à elle dans la psyché. « — Disparu !... déjà ! s'écria-t-elle. Ah ! tant pis ! mais c'est égal... je suis heureuse et, maintenant que je l'ai vu, je puis faire honneur à ce beau repas. Il me semble que je ne souperai pas seule, que mon fiancé est présent près de moi. » Elle se mit à table, commença à faire honneur au succulent repas, sans oublier de donner de douces friandises au gentil petit mouton blanc. Le chœur aérien

continuait à faire entendre ses plus doux accords... Puis les chants cessèrent. Duvet-de-Pêche, fatiguée par toutes les émotions ressenties et par son labeur de la journée, ferma les yeux et s'endormit d'un sommeil profond. Elle dormait depuis un quart d'heure lorsque, soudain, l'un des tiroirs de la toilette s'ouvrit et le nain bleu en sortit. Il fit un signe avec sa béquille ; aussitôt, le couvert disparut, la table se transforma en un lit magnifique en soie et argent avec un riche baldaquin soutenu par des génies ailés, et surmonté d'un panache blanc. L'étable se transforma aussi, les animaux disparurent et ce ne

fut plus qu'une délicieuse chambre à coucher digne de la princesse Duvet-de-Pêche. Des petits génies effeuillèrent des feuilles de pavots et de roses sur le lit tandis que d'autres, aux ailes de papillon, vinrent soulever la princesse et l'étendirent sur la somptueuse couche. Trilby contemplait cette scène tout en donnant des ordres. Quand ce fut terminé, il jeta un regard satisfait autour de lui, tira les rideaux, puis, faisant signe à sa magique escorte, il commanda : « — Laissons-la dormir, laissons-la à ses beaux rêves ! » Les génies vinrent alors se grouper autour de lui. Et tous ces charmants petits êtres dispa-

rurent par enchantement, ainsi que le nain bleu. Pendant que la princesse Duvet-de-Pêche repose, transportons-nous, maintenant, au palais du roi Sadaroc... Nous le trouvons seul dans un joli kiosque à jour, étendu sur un divan à la manière des Orientaux, et fumant en regardant du côté de la mer. Après le bain forcé qu'il avait pris en voulant rejoindre sa nièce, il avait regagné ses États et avait renoncé à se lancer lui-même à la poursuite de Duvet-de-Pêche, car l'intervention du nain bleu l'avait profondément

impressionné. Il ne pouvait toutefois s'empêcher de songer qu'il avait été le plus faible dans cette lutte, et cela lui donnait des idées noires qu'il voulait chasser à tout prix. Aussi, ayant besoin de se distraire, il se leva, frappa du pied et appela : « — Esclaves! holà! ho hé! Esclaves! » De nombreux esclaves accoururent à sa voix en chantant et en riant. D'un ton courroucé, le souverain s'écria : « — Je voudrais bien savoir de quel droit on se permet d'être gai sans ma permission? — Pardon, seigneur, s'excusèrent les esclaves. — Si on laissait aller ses sujets, on verrait de belles choses. Parce que ces drôles-là paient des

impositions, labourent la terre et se font tuer pour nous, ils s'imaginent que nous ne pouvons pas vivre sans eux. — Nous n'avons pas cru te manquer de respect. — Je l'espère bien... Si jamais l'un de vous me manquait, je ne le manquerais pas... Allons, esclaves, dansez pour mon plaisir. » Les jeunes gens obéirent aussitôt et esquissèrent des pas de danse. Mais l'oncle de Duvet-de-Pêche entra dans une profonde fureur : « — Assez! Le premier qui fait un pas de plus, je lui casse une jambe. Comment, à vous tous, vous ne me trouverez pas une danse gracieuse, vaporeuse, inédite! » Les esclaves se regardèrent entre eux.

fallait obéir au maître impérieux ; ce fût à qui danserait, pour le plaisir du monarque, les danses plus variées. Mais, à chaque danse nouvelle, Sarloroc s'écriait : « — Ce n'est pas ça ! Autre chose ! Je veux autre chose ! » L'un des jeunes gens eut alors le courage de dire : « — Nous ne savons plus sur quel pied danser ! — En ce cas, répliqua l'oncle de Duvet-de-Pêche, dansez sur la tête ! » Les infortunés esclaves se renversèrent et exécutèrent alors un « pas de quatre » la tête en bas, pendant que Sarloroc, ravi, imitate

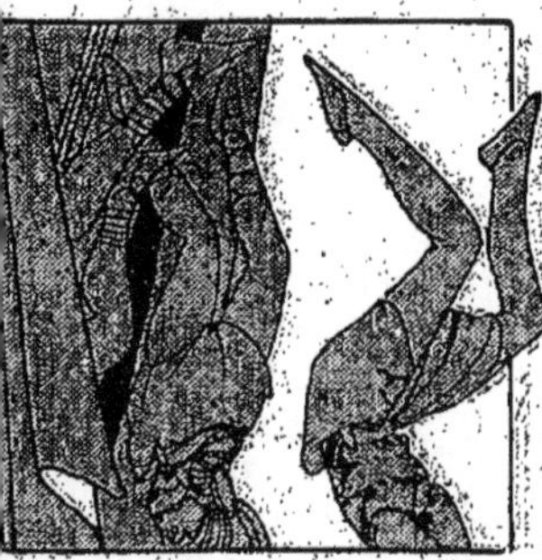

ait, claquant des mains devant te danse grotesque, chantait : ra la la la la la la la la — Cette danse est neuve et légère. — On fait des pas avec les mains ! — Tra la la la la la la la. — En dansant de cette manière. — On n'use pas ses escarpins. — Tra la la la la la la la la ! Mais, tout à coup, le roi ordonna à ses esclaves de ne plus danser. Son premier ministre accourait en donnant les signes du plus vif émoi. Il venait annoncer qu'un vaisseau de forme étrange avait été aperçu, cinglant vers la capitale. Tous les mages du palais furent alors convoqués et consultés sur l'apparition de ce voilier. Ils décla-

ent que le prince Zinzolin et oche se trouvaient sur ce bâtiment. A cette annonce, l'oncle de vet-de-Pêche sentit toute sa fureur l'animer. « — Malédiction ! damnation ! désolation ! abomination ! s'écriait-il. Les géants ont laissé échapper mon ennemi ! Allons, messieurs, faites vite les incantations pour empêcher l'arrivée de ce voilier dans le port. » Les mages se prosternèrent sur le sol, prononcèrent des formules mystérieuses, puis, tendant tous leur dextre vers la mer, psalmodièrent : « — Que le vent se lève, que le flot déchaîné déchire ce vaisseau, qu'il casse les mâts, brise les antres que le tonnerre réduise en poudre

les artimons et les agrès. Divinités qui présidez aux ouragans et aux éclairs, montrez votre puissance ! » Aussitôt le ciel se couvrit d'épais nuages d'où partirent des éclairs et la foudre ; la pluie se mit à tomber et le vent commença à mugir sinistrement. Ce fut une vraie fuite parmi les mages et les esclaves et le roi dut lui-même se mettre à courir à toutes jambes dans la direction du palais pour s'abriter. La mer soulevait de si énormes vagues qu'elles vinrent emporter le kiosque où se trouvait le souverain quelques minutes auparavant. Des grêlons succédèrent bientôt à la pluie, et il en tomba un si gros sur

le nez du premier ministre que celui-ci s'évanouit, croyant avoir reçu une cheminée sur son appendice nasal. Heureusement que ce grêlon avait chu au moment où il posait le pied sur la première marche du palais, si bien que les esclaves purent le relever et le transporter dans une des salles où il ne reprit connaissance qu'au bout d'une heure. Quant à Sarlaroc, il se frottait les mains et se réjouissait en entendant le bruit formidable que faisaient les éléments déchaînés. C'était surtout sur la mer que la tempête faisait rage. Les vents poussaient sans pitié la grande masse des flots. L'air faisait un bruit

de forêt secouée par la rafale. Des tourbillons alternaient en sens inverse, sorte de danse effrénée, trépignement des fléaux sur l'élément. Des nuages couleur de sang éclairaient et grondaient, puis s'obscurcissaient lugubrement. Des cris désespérés se faisaient entendre. Les vents couraient, volaient, s'abattaient, sifflaient, mugissaient. Les vagues étaient lancées les unes sur les autres, comme des palets gigantesques, par des athlètes invisibles. Il y eut ensuite comme une cascade d'éclairs. Au milieu de ce déchaînement des éléments, le voilier sur lequel se trouvaient le prince Zinzolin et Pigoche tournoyait, était porté en haut des vagues, puis retombait comme dans un abîme. « — C'en est fait, murmura le fiancé de Duvet-de-Pêche. Notre

ière heure est venue. — Pas
re, jeta le vieux domestique
une pose de défi. Le petit nain
ne nous abandonnera pas.
ura calmer les flots en fureur. »

A peine le serviteur de Duvet-de-
Pêche venait-il de prononcer ces
paroles, qu'aussitôt les vents cessèrent
de mugir et les flots, arrêtés par
une main invisible, redevinrent cal-

mes. « — Voyez-vous ! fit Pigoche
triomphant. — Il était temps, murmura le prince. — En effet, si la
tempête eût duré une minute de
plus, le navire eût été infailliblement

louti. » Le soleil, qui avait disparu
dant la tempête derrière les
ges, brilla de nouveau de mille
, dans un ciel d'un bleu merveil-
. Pigoche et le prince se félici-
nt d'avoir échappé au terrible

danger et adressèrent par la pensée
des actions de grâce au nain bleu.
Tout à coup, Pigoche dit au fiancé
de Duvet-de-Pêche : « — Oh ! regar-
dez la jolie mouette ! » Un de ces
charmants oiseaux de mer rasait

l'eau, se dirigeant vers le voilier.
Quelques minutes après, la mouette
s'élevait et venait se placer sur
l'épaule du prince Zinzolin. Pigoche
prit la mouette entre ses mains
et la caressa. Le fiancé de Duvet-de-

he caressa également ce joli
au et murmura : « — Quel dom-
ge que ma fiancée ne soit pas
s de nous. Je lui aurais fait don
cette mouette, qu'elle aurait
ée dans une grande volière,

et à laquelle elle aurait donné mille
friandises. » Au vif étonnement
du prince et de Pigoche, la mouette
se transforma subitement en une
jeune femme vêtue d'un riche costume oriental. Duvet-de-Pêche avait

si bien décrit sa protectrice que
Pigoche ne se méprit pas. Il s'inclina
respectueusement et murmura : « — La
fée Souplesse ! » Le prince plia alors
le genou et remercia la fée de tout
ce qu'elle avait fait pour sauvegarder

sa fiancée. — Le temps des épreuves n'est pas encore terminé, répondit la fée. Avant de rejoindre Duvet-de-Pêche, il faut que vous accomplissiez des actions d'éclat sans le secours que pourrait vous apporter le nain bleu. — Je suis prêt, parlez ! s'écria avec vaillance le prince Zinzolin. La fée Souplesse annonça alors à son interlocuteur qu'il devait aller mettre le siège devant la ville de Croquefer, ce riche bandit auquel le roi Sarlaroc voulait donner en mariage la princesse Duvet-de-Pêche. Croquefer avait avec lui de nombreux

partisans et s'était enfermé dans la capitale de ses États, qu'il déclarait imprenable, tellement il l'avait bien fortifiée. Le prince Zinzolin était de la race de ces héros à qui rien ne fait peur. Promesse faite, promesse tenue. A peine le pied posé sur la terre ferme, il se mit à prêcher en quelque sorte une croisade. Il fit appel à tous ses amis, à tous ceux qui avaient été molestés par son rival. Et, bientôt il réunit les plus nobles preux du pays... Avant de partir, il adressa aux troupes un discours qui les enflamma de courage et d'ardeur. Le prince Zinzolin prit place à la tête des vaillantes troupes, ayant à ses côtés Pigoche

qui voulait prouver, lui aussi, qu'il était un héros ! L'armée conduite par le prince Zinzolin se dirigea sur la capitale du bandit Croquefer, que sa situation aux abords d'un lac, ses doubles murailles, et ses centaines de grosses tours, rendaient formidable... Dans la capitale étaient réunis un grand nombre de soldats mercenaires. Le fiancé de Duvet-de-Pêche fit construire d'abord une espèce de château fort ou de tour en bois, très solide et d'une grande hauteur. Cette tour, plus élevée que les tours de pierre et qui comprenait trois étages, fut montée sur quatre roues, et un grand nombre de chevaliers

prirent place en même temps un Pigoche, fort habile à jouer de la trompette et qui, par le son éclatant de sa voix, allait effrayer les ennemis et exciter les partisans du prince à la bataille. Au bas de cette sorte de château, se trouvaient plus de cent chevaliers armés, qui le firent rouler auprès des remparts de la ville, en face de la tour la plus imposante. Les ennemis avaient, de leur côté, un grand nombre de machines avec lesquelles ils lançaient de fortes pierres qui blessaient dangereusement les chevaliers et pendant

que les soldats cherchaient à percer le mur, ceux qui étaient dans la ville assiégée jetaient pêle-mêle des traits, du feu grégeois, des pièces de bois, des ruches d'abeilles et de la chaux vive. D'autres avaient des crochets au bout de leurs lances et, avec ces lances et ces barres de fer, ils s'efforçaient de tirer l'ennemi jusqu'à eux. Un noble chevalier était monté à l'étage supérieur de la tour de bois, avec un nombre imposant d'autres seigneurs et le prince Zinzolin. Pendant que le chevalier portait le ravage autour de lui en lançant sur l'adversaire des rochers énormes, ceux qui étaient au-dessous de lui perçaient la muraille,

D'autres appliquaient une échelle devant les créneaux du rempart. Quand l'échelle fut dressée, comme personne n'osait y monter le premier, le fiancé de la princesse Duvet, le Pêche, n'écoutant que son courage, s'élança vers le haut de la muraille et fut suivi de plusieurs braves. Quand les soldats du bandit Croquefer virent les chevaliers monter sur le rempart, saisis d'une violente colère, ils les assaillirent de tous côtés et les accablèrent d'une telle grêle de traits et de flèches que quelques-uns des soldats qui étaient déjà sur la muraille se jetèrent en bas et trouvèrent là la mort. Mais d'autres vaillants guerriers, voyant

le prince Zinzolin combattre avec un petit nombre au sommet du rempart, s'oubliant eux-mêmes pour ne songer qu'à leurs compagnons, montèrent à l'assaut sur-le-champ et couvrirent de leur multitude une partie du mur. La plate-forme étroite du rempart empêchait les amis du prince Zinzolin de se mettre à côté de lui et ne permettait qu'à un seul homme des ennemis de venir en face. Toutefois, aucun des brigands ne put triompher du fiancé de la princesse Duvet-de-Pêche, tandis que lui en abattit un grand nombre.

Bientôt, aucun combattant n'osa approcher du valeureux gentilhomme, parce que chacun craignait pour lui-même le sort qu'il avait fait subir aux autres. On jetait sur lui des traits, des flèches, des pieux, des pierres, et son bouclier en était tellement chargé qu'il pouvait à peine le soulever. Déjà, le vaillant prince succombait à la fatigue; déjà, la sueur ruisselait de tout son corps; déjà, il était urgent qu'un autre vînt le remplacer, quand ceux qui avaient troué les murs entrèrent avec impétuosité dans la

ville, ayant à leur tête Pigoche, bouleversant tous ceux qu'ils rencontrèrent les premiers.

Alors, ceux qui étaient sur la muraille, stupéfaits de cette entrée imprévue, sentirent leur sang se glacer dans leurs veines et leur cœur saisi d'effroi. Que pouvaient faire ces bandits qui, se voyant condamnés à mort, avaient perdu le sens et que des ennemis cernaient de toutes parts, et hors des murs, et dans l'enceinte de leurs remparts.

Lire la suite dans la Collection des Contes de Fées

LE NAIN BLEU (II) *qui paraîtra le 15 avril 1927.*

5815. — Imprimerie Charaire, à Sceaux. — 2-27.

5807. — Imp. Charaire, à Sceaux —1 -27.

www.ingramcontent.com/pod-product-compliance
Ingram Content Group UK Ltd.
Pitfield, Milton Keynes, MK11 3LW, UK
UKHW021257180726
13837UKWH00007B/2026